Medo, fri(

Malu Castilho

Sinopse-Sete contos de terror e suspense.

Cabelo de anjo- Uma mãe desesperada com a doença da filha, chama uma poderosa benzedeira para mandar a doença embora.

A noite das crianças- Uma babá chega á uma estranha casa para trabalhar, e fica espantada ao perceber que as crianças nunca dormem.

Lar doce lar- Uma linda família acorda em uma manhã e descobre que sua casa não é mais a mesma.

Carnaval- Um jovem casal apaixonados resolve ajudar uma garotinha na estrada, guiados por ela, entram em uma trilha.

Os animais noturnos- Uma família vive em uma casa confortável, mas eles tem muito medo dos animais noturnos que vivem no bosque em frente à casa.

A família- No ano de 3016, uma menina rica sente suas pernas e seus braços paralisarem e desmaios constantes começam a acontecer, ela percebe que tanto sua mãe, quanto seu pai não dão importância ao fato, mas ela sabe que algo de errado está acontecendo com o seu corpo, só precisa descobrir o que.

Comida caseira- Um caixeiro viajante cansado e solitário chega a uma pequena cidade no interior do Rio Grande do sul, no ano de 1894, o cheiro estranho na cidade o incomoda, na pousada em que se hospeda, barulhos e sussurros vêm do sótão.

Bio-bibliografia

Nasci em Salvador Bahia em 24/04/1976, Marilucia Rodrigues de Castilho
Aos 10 anos iniciei um curso de teatro participei de várias peças estudantis e já na adolescência cursos de interpretação para TV e cinema iniciando um hobby como atriz
Com o sonho de ser escritora e roteirista batalhei pela carreira por anos até que venci uma seletiva para a produção de um curta metragem chamado Dia de finados pela www.oestv.com.br à estrear em 2019
No ano seguinte iniciei como escritora através de um convite da editora Aeon para a antologia Coração vampiro/2017 com o conto O festival.
Publiquei meu primeiro livro a venda na amazon, Jogos vampíricos em 2017
Meu primeiro longa está em fase de produção pela produtora Cogrossi Ltda chamado A casa das sombras.
Meu segundo livro chamado Medo frio e escuridão já está a venda na amazon lançado em 2017.
Participo da antologia A dor e a escuridão de 2018 do projeto tecendo tramas, com o conto A oferenda, e da antologia Um corpo nas sombras com o conto Um corpo na água, de 2019, esse meu primeiro conto policial, ambos à venda na amazon
Tenho dois curtas metragens em fase de produção com estréia prevista para 2019 chamado Terrores noturnos e O assalto por Cogrossi Ltda.
Um longa em fase de produção por estrada filmes com o roteiro A oração.
Tenho um canal no youtube com curtas de terror e suspense escritos, produzidos e dirigidos por mim.

Cabelo de anjo

A noite já era alta, Angélica a filha de sete anos de Célia, uma mulher loira e roliça de 35 anos, senta no sofá vermelho sangue, era possível ver as falhas no seu cabelo loiro, a sala com as paredes encardidas de algo que um dia foi azul, a televisão está ligada em uma novela, Cecília, filha mais velha de Célia, entra na sala com a toalha enrolada na cabeça, a adolescente de 14 anos, com os olhos irritados pelo banho, senta ao lado da irmã.

-Caralho!- com uma expressão de raiva, xinga.

Antonio, marido de Célia, um homem de 45 anos, muito magro, deixando claro no corpo os danos do vício do cigarro, entra na sala fumando.

-O que é isso Cecília? Olha o respeito. - Célia grita da cozinha.

-Como se não bastasse essa imagem da televisão ainda tomar banho de água fria é um tédio, se fosse em São Paulo nós teríamos chuveiro elétrico.-

Antonio senta a mesa no canto da sala.

-Você não está em São Paulo, você agora vive no interior da Bahia, Terra de seu pai, e aqui se toma banho frio. -Irritado, batendo os punhos na mesa.

Célia está saindo da cozinha, uma batida é ouvida na porta simples de madeira escura, todos olham para a porta, Célia caminha e abre a porta.

Marilda entra.

-Boa noite! Vim o mais rápido possível!- diz com uma expressão séria.

Célia abraça a amiga, uma mulher de 30 anos, muito magra, com uma trança enorme e começa a chorar, diz limpando o rosto e conduzindo a amiga para perto do sofá.

-Essa é minha Cecília, meu marido Antonio e aqui está Angélica, como te falei, quase ficando careca, o médico disse que não sabe o que é. -

Marilda chega perto de Angélica.

-Já rezei o corpo de muita criança, e todas ficaram boas!- Diz sorrindo.

Coloca as mãos no cabelo de Angélica e muda expressão totalmente, faz cara de espanto, abre as mechas do cabelo de Angélica e estica os fios que ficaram em suas mãos.

Toda a família olha apreensiva para Marilda, Célia está sorrindo aliviada.

-Não posso rezar ela!-Diz Marilda com expressão de espanto.

Célia muda de expressão, faz cara de dúvida, Cecília olha para a mãe e Antonio para com o cigarro na boca, olhos arregalados em Marilda, Marilda continua, seu rosto parecia que ia derreter.

-Isso não é doença, foi feitiço!- Diz, abrindo os fios entre os dedos, balança a cabeça de forma positiva e continua-Foi feitiço, alguém quer a menina doente!-

-Mas quem iria querer minha filha doente?- Célia diz ofegante.

Marilda pega os fios de cabelo de Angélica, coloca na frente do rosto e engole Antonio quase levanta da cadeira assombrado, Cecília e Angélica se encolhem, Marilda diz palavras incompreensíveis, e finalmente abre os olhos.

Aponta o relógio na parede, a família olha assombrada.

 -Á meia noite quem fez isso vai aparecer com esses fios de cabelo que eu engoli. - diz como em transe.

Marilda senta no sofá, Célia em uma cadeira a frente de Antonio.

A família toda olha para o relógio que marcava 23 horas e olha para Marilda.

Os ponteiros dos segundos avançam, era quase meia noite.

Um vento bem forte é ouvido lá fora, como um gemido de mulher, a família está imóvel, assustada, o vento passa pelas telhas, depois desce e chacoalham as cortinas pela fresta da janela, outro gemido do vento é ouvido e o vento passa pela porta, por debaixo dela move o tapete da sala, passa pela janela e a chacoalha, as meninas se abraçam.

Outro gemido é ouvido mais alto, Célia levanta tremendo, encosta-se à parede assustada, pela fresta da janela da cozinha o vento derruba uma panela pendurada no paneleiro, um pano de prato voa, o vento faz a volta na casa até chegar à porta da frente.

Os ponteiros dos segundos do relógio avançam, chega perto da meia noite, o vento arranha a janela devagar, depois a porta, a maçaneta mexe para cima e para baixo, tudo fica em silêncio, e a porta balança com violência, ao mesmo tempo o relógio marca meia noite, as meninas gritam assustadas, a porta da sala se abre, Célia se ajoelha no chão e começa a vomitar os fios de cabelo de Angélica.

Antonio se levanta, as meninas gritam e se abraçam, Marilda arregala os olhos assombrada, os fios de cabelo estão no chão, Célia olha para a família.

-Foi você!- Antonio diz irritado e ofegante.

Célia faz uma expressão de ódio e diz friamente.

-Eu só queria que você se assustasse, levasse a gente de volta para São Paulo, você nos trouxe para esse fim de mundo por que tudo tem que ser da sua vontade, achei que se Angélica ficasse doente você acharia que esse lugar é amaldiçoado e iríamos embora.-

FIM

A NOITE DAS CRIANÇAS

Rita desce do táxi em frente à casa amarela de dois pavimentos na pequena cidade de interior, tira com a mão o cabelo preto dos olhos e arruma a blusa branca que saia da calça, o sol se punha no céu, carregando a mala com dificuldade ela sobe as escadas e toca a campainha.

Uma mulher magra e de pele bem morena abre a porta e diz sorridente.

- Você deve ser Rita! Eu sou Analise a mãe das crianças! Entre! – Diz abrindo a porta.

Rita entra sorrindo em uma sala em tons de mogno, duas crianças, um menino e uma menina, gêmeos de sete anos morenos como a mãe, descem as escadas correndo.

- Ainda bem que vocês desceram bem a tempo de conhecer Rita a nova babá. - Diz Analise sorrindo.

As crianças sorriem e dizem ao mesmo tempo.

- Muito prazer!-

- O prazer é todo meu! Vocês são muito educados!- Diz Rita encantada.

- Eles são Tiago e Tereza!- Diz Analise trocando imediatamente a expressão do rosto para uma expressão séria.

As crianças também ficam sérias e olham para trás na direção do sofá, Rita olha para trás também para a direção onde as crianças olhavam.

As crianças acenam com a cabeça com sinal positivo em direção ao sofá e Tereza diz.

- Assim ela não vai ter medo!-

Rita franze a testa e as crianças olham para ela, a mãe interrompe impaciente e diz.

- Vamos, vou te mostrar o seu quarto. - Diz a mãe tocando no braço de Rita.

Rita se troca no quarto todo branco quando ouve uma batida na porta, vira para trás e uma voz de menina diz.

- Hora do jantar! –

Rita senta-se a mesa na sala de jantar clássica enquanto a cozinheira, uma senhora já muito idosa e bem magra, serve a comida.

- Esse é o meu marido e pai das crianças, Seu Carvalho. - O homem grisalho de olhos azuis e semblante sério sorri.

Rita ajudava as crianças na lição de casa na sala e fica impressionada com o boletim deles, só havia notas dez.

- Vocês são ótimos alunos, estou impressionada!- Diz espantada.

O relógio da sala marca nove horas, Analise desce as escadas chegando à sala.

- Pode ir dormir Rita, até amanhã!- Diz de forma fria.

Rita levanta e chama as crianças.

- Vamos para cama queridos!-

- Não! Eles ficam comigo não se preocupe! Pode ir dormir!- Diz Analise.

O relógio já marcava três da manhã, Rita acorda e levanta da cama confusa, sai do quarto e ouve vozes quando segue em direção ao banheiro, volta em direção as escadas e vê que a luz da sala estava acesa, desce devagar os primeiros degraus e olha lá embaixo, vê Tereza e Tiago sentados no sofá, com cadernos e canetas, fazendo perguntas a alguém, começa a descer as escadas quando sente uma mão em seu ombro.

- O que houve?-

- Nossa Seu Carvalho que susto!- Diz colocando a mão no peito.

- Vai dormir!-Diz Seu Carvalho com olhar sério.

- Eu acho que as crianças estão lá embaixo. - Diz assustada.

Seu Carvalho a empurra escada acima dizendo impaciente.

- Vá descansar, amanhã tem muito trabalho!-

Coloca Rita assustada para dentro do quarto e fecha a porta.

Rita deita na cama e se vira a noite inteira sem conseguir dormir, quando finalmente amanhece ela se levanta e desce até a cozinha, cumprimenta a cozinheira que a olha assustada e vê as crianças já sentadas a mesa na sala de jantar com cadernos e livros, eram cinco da manhã.

Rita passa o dia sonolenta, fazendo suas atividades com as crianças encucada com o que aconteceu na noite anterior a noite chega e Rita chama as crianças.

- Vamos dormir!- Diz levantando.

- Pode deixar eles aqui na sala, vá você descansar!- Diz Seu Carvalho.

Rita espera do seu quarto todas as luzes se apagarem, sai pelo corredor pé ante pé, até a ponta da escada, e vê as crianças sentadas com cadernos no colo, ia descer devagar quando ouve uma voz masculina muito grave e apavorante dizer.

-Vocês têm que usar sempre esse poder nesses casos, não há como fazer sem isso!-

Rita fica apavorada com aquela voz, ouve um barulho no corredor corre e se fecha no quarto, coloca o ouvido na porta ofegante mas não ouve mais nada, ia abrir a porta de novo quando ouve o portão da casa abrir, corre até a janela do quarto e atrás das cortinas vê Tiago e Tereza saírem de casa com cadernos e canetas nas mãos, eles param e olham para a lua que estava cheia e começam a fazer anotações, Rita abre a boca espantada e as crianças olham em direção a porta, perguntam algo que ela não consegue entender, parecia outra língua, uma língua antiga, as crianças voltam para dentro e ela resolve deitar.

Rita levanta para o café da manhã e as crianças já estão na sala de jantar com seus cadernos e canetas nas mãos, ela olha desconfiada e assustada por causa da noite anterior.

Rita havia colocado as crianças para tomar banho e corre em direção ao quarto delas, pega um dos cadernos e olha, havia vários desenhos confusos, ideogramas e mais coisas que ela não conseguia identificar.

A noite chega outra vez e Rita está no seu quarto, espera as luzes no corredor se apagar e se levanta da cama, vai até a ponta da escada segurando a saia da camisola e vê as crianças no sofá, ouve uma voz apavorante mas reúne forças e desce a escada abaixada, ao chegar à ponta vê um homem sentado do outro lado do sofá, ele tinha as unhas bem longas e vestia um terno preto, Rita avança tentando ver seu rosto quando ouve o homem dizer.

- Pode se aproximar babá!-

As crianças olham para trás na direção de Rita e Rita se assusta gemendo, levanta e vai à direção do homem, vê um rosto sério, porém assustador, os olhos bem profundos.

- Quem é você? – Diz sufocada de medo.

- O que faz aqui?- Diz Seu Carvalho do alto da escada.

Rita olha para cima assustada, gritando e diz com a mão no peito.

- Tem um homem aqui com as crianças!- Diz aumentando a voz.

Seu Carvalho desce calmamente as escadas e diz.

- Não se preocupe, ele só quer ensiná-las as coisas que ele sabe!- Diz calmamente.

- Ele apenas quer ensinar as crianças para que elas saibam as coisas que ele sabe e ele assim não se sinta sozinho. - Diz Analise descendo as escadas.

Rita olha para o homem.

- Mas quem é esse homem?- Pergunta Rita apavorada.

- Eu não sou um homem, nem nunca fui, fui anjo e agora espírito. - Diz o homem levantando e indo em direção a Rita que se encolhe.

- Quando eu me casei tentei engravidar por muitos anos, mas não conseguia por nada, então uma amiga me apresentou esse espírito e ele me deu meus dois filhos maravilhosos. - Diz Analise sorrindo.

- E a única coisa que a gente teria que dar em troca era o deixarele ensinar as coisas que ele sabe a elas, durante as noites, pois é a única hora do dia que ele é visível, não se preocupe, pois elas não precisam dormir, já foram concebidas assim. - Diz Seu Carvalho.

- Ele nunca irá machucá-las, não se preocupe com isso, você só tem que cuidar delas durante o dia e as noites pertence a ele. - Diz Analise.

- Vou chamar a polícia, isso é um absurdo!- Diz Rita revoltada.

- E dizer o que? Que um espírito passa as noites com elas? Você já esteve em um manicômio moça? Sabe como é ir parar lá?- Diz o espírito com uma voz ameaçadora, avançando em direção de Rita que se encolhe.

Rita levanta pela manhã, desce para o café e encontra as crianças.

-Bom dia! Como foi a aula?- Pergunta as crianças.

E segue com suas atividades normais do dia.

FIM

LAR DOCE LAR

Ano de 2075, Débora sente a claridade entrar pela cortina, levanta passando a mão pelo cabelo loiro curto, o quarto colorido, já estava bem claro, segue pelo corredor em direção ao quarto ao lado, Caroline de nove anos ainda dormia, passa a mão no cabelo da filha idêntico ao seu.

- Hora de acordar amor! – Diz baixinho no ouvido da filha.

Na cozinha estilo industrial Débora abre a torneira com o recipiente da cafeteira na mão dá um salto para trás quando da torneira sai fogo.

- Aiiiii! – Grita.

- Que grito é esse? – Artur chega correndo a cozinha passando a mão pelo cabelo castanho.

- A pia! Está saindo fogo da torneira! – Diz com a mão no peito.

- Fogo? – Artur arregala os olhos.

Artur se aproxima da pia, abre e fecha a torneira e só sai água, olha para a esposa sorrindo.

- Ainda está dormindo? – Pergunta irônico.

- Saiu fogo, juro! – Diz Débora assustada.

Caroline chega à cozinha com o tênis na mão e pede.

- Mãe? O Tênis não quer entrar! – Débora se abaixa e coloca o tênis na filha, Artur bebe água em frente à janela da cozinha, de repente para e diz assombrado.

- Meu Deus! Que que é isso? – Olha assombrado para o lado de fora.

Débora chega ao lado e olha pela janela, no jardim bem cuidado da casa a grama estava vermelha como sangue, a árvore em frente à casa e todas as plantas do jardim estavam completamente secas.

- Que horror! – Diz Débora com as mãos no rosto.

Artur corre para a porta da frente, coloca a mão na maçaneta e a porta dá um choque, ele é arremessado para trás, Débora e a filha correm em direção a Artur gritando, ele levanta com a mão na cabeça.

- Meu Deus, essa casa é nova, eu mesmo projetei, não faz sentido essa maçaneta dar choque! – Fala tentando se levantar.

-Vou ligar para os bombeiros. – Diz Débora pegando o telefone, o telefone derrete completamente na mão dela, ela grita largando a goma marrom que o telefone virou.

- Mãe? Estou com medo dessa casa. – Diz Caroline espremida em um canto.

- Calma minha filha! Vou ligar do celular! – Quando coloca o celular no ouvido surge um ruído tão agudo que os três tapam os ouvidos, Débora joga o celular longe.

- Vou sair pela janela! – Diz Artur se levantando e indo em direção a janela, ao tocar nela a janela se transforma em uma goma grudando nas mãos de Artur, ele tenta se soltar mais continua preso. – Estou preso. – Diz gemendo.

Caroline chora.

- Vou tentar chamar a atenção dos vizinhos na janela lá em cima. – Diz Débora subindo as escadas.

Lá em cima Débora vai até a janela do quarto do casal que estava aberta e vê na rua cheia de casas seus vizinhos saindo para caminhar, trabalhar ou passear com o cachorro, ela coloca as mãos na bochecha e grita por socorro.

- Socorro! -

Os vizinhos acenam e sorriem e dá bom dia, ela grita desesperada.

- Preciso de ajuda! –

Os vizinhos continuam fazendo suas atividades.

Débora olha de relance para o espelho, ela vê seu reflexo começar a sumir como se estivesse sendo apagada com uma borracha, primeiro o braço esquerdo, depois o braço direito.

- Ahhhh! – Grita desesperada.

Os móveis da casa começam a flutuar e colar no teto, embaixo Artur e Caroline gritam.

Uma cabeça gigante surge no céu, era Artur, ele diz.

- Puta que pariu! – Diz com a mão na testa.

- Que foi? – Diz uma cabeça gigante de mulher que chega ao lado dele no céu, era Débora.

- Minha maquete do trabalho da faculdade deu vírus. – Fala com raiva.

- Ah! Conserta isso aí, nosso casamento é ano que vem e você precisa se formar arquiteto logo. – Diz Débora sorrindo.

-Deixa de ser apressada.-Diz beijando apaixonadamente a esposa.

- Claro meu amor e casaremos e seremos felizes para sempre com nossa casinha linda e nossa família feliz! – Diz Débora.

FIM

CARNAVAL

Carlos e Tati estavam apaixonados, o namoro já durava dois anos.

A caminho da cidade natal de Tati, eles estão na estrada do Sul do país à horas, iam comunicar as famílias de seus futuros planos de noivado.

A estrada estava deserta, vegetação alta pelos dois lados da margem, Tati olha ao redor com o olhar pensativo.

Era o feriado de carnaval, os dias estavam quentes e ensolarados.

Carlos seca a testa com a palma da mão, depois seca na camiseta azul, sua bermuda de algodão cinza já estava molhada pelo suor, olha pata Tati que ria olhando para ele.

-Posso imaginar a cara de espanto dos meus pais quando eu disser que vamos casar.-Diz Tati tirando uma mecha de cabelo da boca.

-Com certeza não vai ser pior do que a cara da minha mãe.-Diz Carlos fazendo uma careta de deboche.

Os dois riem, Carlos olha para os lados por um instante.

-Do jeito que sua mãe me ama.-Diz Tati ajeitando a barra do short azul e a gola da camiseta branca.

-Quem tem que te amar sou eu!-Diz Carlos com a expressão séria.

Tati suspira e sorri.

-Ainda bem que você pensa como eu meu amor, já tive um namorado que era dependente do que a família pensava e queria.-

Carlos ri e olha para Tati piscando o olho.

Eles seguem pela estrada deserta, pouquíssimos carros passavam por eles, e não se via sinal de mais nada além da vegetação alta dos dois lados.

Tati se abaixa e olha o celular.

-Essa parte da estrada é fogo, não tem sinal de celular.-Diz para Carlos.

-Quando passarmos a curva da lagoa o sinal volta.-Diz Carlos.

Tati olha para frente, faz cara de espanto e grita.

-Cuidado!-Grita Tati.

Carlos vira o volante e o carro roda, freia com dificuldade, o carro pára.

Eles descem rapidamente do carro.

Uma menina de uns sete anos havia atravessado na frente do carro.

Carlos olha espantado para a frente, Tati tapa a boca com a mão.

Carlos abre a porta do carro, Tati larga o celular que cai no chão do carro.

Eles saem do carro, correm em direção à menina parada no acostamento.

-Você está bem?-Pergunta Tati.

Carlos segura o braço da menina ruiva que vestia um vestido rosa com muitas borboletas espalhadas na estampa e uma sandália rosa.

A menina olha para eles com um meio sorriso nos lábios, Carlos e Tati olham para a menina com a expressão de pânico, de repente começa a chorar.

-Está sozinha na estrada?-Pergunta Tati.

Tati segura os ombros da menina.

-Qual o seu nome?-Pergunta Tati.

-Elisa.-Diz a menina chorando e esfregando os olhos.

-Onde estão seus pais?-Pergunta Carlos.

-Sumiram.-Diz a menina chorando.

Carlos e Tati se entreolham com um olhar de pena.

A menina olha para eles e dá um meio sorriso estranho.

-A gente parou num posto de gasolina e quando eu fui no banheiro com a minha mãe, ela saiu do banheiro antes de mim...-Diz a menina soluçando.

Tati olha para Carlos e Carlos olha em volta na estrada.

Elisa respira fundo, continua a falar.

-Depois que eu sai do banheiro não havia mais o carro e nem meus pais, eles haviam sumido!-

Chora compulsivamente.

Para um pouco e continua falando.

-Aí, eu vim andando pra casa.-Diz a menina.

Tati franze a testa espantada.

-Tem casa por aqui?-Pergunta Tati olhando para o matagal em volta de toda a estrada.

A menina olha para eles com um olhar feliz, aponta na direção de uma mata fechada.

-Lá! Vocês podem me levar pra casa?-Pede a menina sorrindo.

Tati e Carlos olham a mata fechada nas margens da estrada.

-Lá não tem nada.-Diz Carlos.

-Tem uma estrada, ali bem atrás.-Diz a menina apontando com um sorriso nos lábios.

A menina tem uma expressão de felicidade no rosto, nem parecia que estava chorando há tão pouco tempo.

-Vamos levar você pra casa!-Diz Tati.

Carlos olha espantado para a noiva.

-Como assim?-Pergunta Carlos.

-Não podemos deixar ela aqui, se acontece alguma coisa seremos responsáveis.-Diz Tati.

-Pelo amor de Deus Tati, temos uma viagem longa pela frente.-

-E onde vamos abandoná-la?-Diz Tati olhando de forma debochada para Carlos.

-Vamos deixar com a polícia.-

Tati olha debochada para os lados.

-Tem alguma por aqui?-Diz quase cantando.

Carlos bota a mão na cabeça.

-Pelo que me lembre à última vez que vimos um policial foi a umas duas horas na saída da cidade.-

Carlos balança a cabeça em sinal negativo e Tati ri vitoriosa.

Eles colocam Elisa no carro e entram.

-Vá nos mostrando o caminho!-Diz Carlos.

O casal segue no carro com Elisa no banco de trás, o casal não percebe mas Elisa ri feliz.

Depois de uns dez minutos de estrada Elisa aponta o dedo depois de uma curva.

-Por ali.-

Carlos e Tati olham para o lugar onde a menina apontava, era a margem esquerda da estrada, não havia nada, apenas a mata fechada.

-Não tem nada ali!-Diz Carlos.

-Tem sim, olhe de perto.-Diz a menina.

Carlos diminui a velocidade e olha para a mata, se surpreendem quando avistam entre a vegetação fechada uma pequena estrada de terra.

Carlos e Tati se entreolham, Elisa atrás ri, Carlos entra na estradinha de terra e dirige com dificuldade devido ao aperto da estrada, avistam uma pequena clareira, na pequena clareira.

Elisa ri e diz.

-É bem por ali.-

Eles continuam, a frente havia uma estrada pequena, mas grande o suficiente para passar dois carros.

Carlos e Tati se surpreendem, não haviam visto nada quando passaram por ali outras vezes.

-Nunca imaginava ver uma estrada em meio a essa vegetação.-Diz Carlos.

-E passamos por aqui há uns três meses, não reparei nessa estradinha de terra.-Diz Tati.

-Sempre em frente.-Diz Elisa sorrindo.

A estrada continua por uns quinze minutos, Carlos e Tati olham espantados ao redor, só se via vegetação alta.

Carlos já ia pergunta quando eles vêem, parecia ser a entrada de uma cidade, havia um arco com um nome, como normalmente se tem na entrada das cidades, Carlos e Tati

Eles chegam a uma cidade pequena, mas linda, com belas construções comerciais, casas lindas e ruas muito limpas, flores para todos os lados.

Elisa sorri.

Carlos e Tati olham admirados, sorriam pela beleza da cidade.

Como era bela, como uma cidade de contos de fadas.

Algumas pessoas transitam pelas ruas, algumas conversam, parecem não notar o carro.

-Minha casa fica ali.-Diz Elisa apontando uma casa.

Carlos e Tati param em frente ao lindo sobrado pintado de amarelo, com porta e janelas de vidro e madeira branca, com um jardim muito florido.

Uma pequena escadinha levava a porta de entrada.

Elisa sai do carro correndo e toca a campainha na porta da frente.

Carlos e Tati vão atrás, uma mulher muito pálida e ruiva, aparentando uns trinta anos, magra, abre a porta.

-Mãe?-Grita Elisa.

Abraça a mulher.

-Minha menina, onde você estava? Procuramos você por toda parte.-

-Eu saí do banheiro e não vi mais nem você, nem o papai.-Fala disparada.

-Eu avisei a você que ia ao caixa eletrônico, era para você me esperar no banheiro.-

Elisa olha para Carlos e Tati que sorriem.

-Eles me ajudaram a voltar pra casa.-Diz sorrindo.

A mãe de Elisa olha de uma forma estranha para Carlos e Tati, parecia o olhar de um animal, ela sorri, pisca e faz movimentos estranhos com as mãos.

Tati sente um calafrio no corpo, aperta com força o braço de Carlos, Carlos olha seriamente para a mulher.

A mulher vai até eles.

-Desculpe, nem me apresentei, sou Eva, mãe de Elisa.-

-Eles são Carlos e Tati.-Diz Elisa sorrindo.

-Por favor, entrem!-Diz Eva.

-Não obrigada, nós só viemos trazer Elisa, ainda temos muita estrada pela frente.-Diz Carlos.

-Entrem, eu insisto, tomem pelo menos um suco para refrescar o calor.-

Carlos e Tati passam pela porta, entram na sala, seguidos de Eva e Elisa.

A sala da casa é perfeita, limpa, organizada e muito bonita.

As paredes pintadas de branco, os móveis em pátina branca, com muitas almofadas nos três sofás cor de rosa claro com estampas de flores, a mesa de centro com um lindo arranjo de flores frescas, algumas revistas de botânica espalhadas sobre a mesa, o tapete de retalhos brancos e xadrez, lustres, cortinas e quadros lindos arrematavam a perfeição Romântica da sala.

Tati e Carlos se admiram de tanta beleza e limpeza.

Um homem muito alto e pálido, vestindo uma camisa de botões branca muito bem passada e uma calça cinza, desce as escadas nos fundos da sala.

-Pai?-

Abraça o homem.

-Onde você foi parar minha filha?-Pergunta o homem com raiva.

-Um casal a encontrou.-Diz apressadamente Eva.

O pai de Elisa aperta as mãos de Carlos e Tati.

-Sou Dimitri, pai de Elisa.-

O olhar dele muda na hora, pisca várias vezes e saem lágrimas de seus olhos.

Carlos e Tati se entreolham, Tati olha instintivamente para a porta, um cheiro de flores invade o ar.

-Sentem, por favor.-Diz Elisa.

-Desculpe, mas nós já vamos indo.-Diz Carlos.

Elisa corre e abraçam os dois, a menina demonstra uma força que assusta Tati, Tati sente dores pelo abraço da menina, parecia que ela ia parti-lá ao meio.

Tati geme e a mãe de Elisa ri.

-Fiquem para almoçar com a gente.-Diz Dimitri.

-O risoto de cogumelos é delicioso.-Diz Elisa.

-Vocês vão pegar a estrada, é melhor estar alimentados.-Diz Eva amorosamente.

Eva e Elisa puxam Carlos e Tati para o sofá.

A campainha toca.

Eva atende a porta.

Um casal entra pela porta.

Gostaria de apresentá-los a nossa prefeita Ludmila e seu marido e médico da cidade, Dr. Yuri.

Carlos e Tati se levantam e quando cumprimentam o casal de cabelo encaracolado e ruivo, com olhos de um azul intenso, chegava a incomodar quem olhava, com um corpo magro e esguio, eles sorriem com uma felicidade exagerada, riem e se entreolham.

Carlos e Tati ficam impressionados com a alegria do casal.

Carlos olha de relance para a janela da frente da casa, Carlos vê uma mulher pálida, e umas sete crianças espremidas, entreolhando para dentro da casa, cochichando e sorrindo, se abaixam correndo quando percebe que Carlos os viu.

Carlos e Tati se entreolham franzindo a testa e olham de volta para Ludmila e Dr. Yuri.

-Bem vindos a Carnaval.-Diz Ludmila.

-Carnaval?-Pergunta Carlos sem entender.

-Esse é o nome da nossa cidade.-Explica Elisa.

-Que nome diferente!-Diz Tati.

A sala de jantar seguia o mesmo estilo da sala de estar, a mesa de jantar linda, branca e retangular com um tampo de vidro, havia quadros com paisagens lindas, antigas de um bom gosto inacreditável, cortinas de renda cobriam as duas janelas, um lustre de cristal estava brilhando como se tivesse acabado de ser comprado.

Em uma louça com gravuras da Grécia antiga em tons de azul, almoço é servido, várias saladas, risoto de cogumelos e feijão branco, são servidas em baixelas de prata muito brilhantes.

O médico e a prefeita olham fixamente para Tati, seu olhar como o de um animal, brilha de um jeito estranho.

Tati sente um desconforto muito grande, desvia o olhar.

-Nós já passamos por essa estrada várias vezes e não sabíamos da existência da estradinha e nem dessa cidade.-Diz Carlos.

-Poucos conhecem nossa cidade, ela foi fundada por algumas famílias a mais de 200 anos.-Diz Ludmila.

Tati olha para a janela da sala de jantar, por entre as cortinas ela entorta o corpo para ver melhor, várias pessoas espremidas, tentando se esconder nas cortinas, olhando com olhar de um animal feroz.

Tati coloca a mão na cabeça, e começa a esfregar os olhos.

-O que foi?-Pergunta Carlos.

-De repente me deu um mal estar.-Diz Tati.

Eva, Elisa, Ludmila e o médico riem animadamente, uma risada grande e frenética, com um olhar de felicidade.

Carlos olha para os anfitriões e se assusta com o riso deles, desconfia, e depois olha para Tati.

Carlos tenta levantar, mas cai de volta na cadeira, sente seus músculos endurecerem estava paralisado, olha para Tati e Tati também está paralisada e olha pra ele.

-Tatiiiii...-Grita.

Os anfitriões riem, e se entreolham e olham para o casal.

A cabeça de Tati cai em cima do seu braço esquerdo que estava em cima da mesa, Carlos cai da cadeira no chão, se contorce devagar.

Não consegue mais falar.

Os outros continuam comendo como se nada tivesse acontecido.

Dr. Yuri fala calmamente enquanto mastiga.

-Vamos dar uma meia horinha para os músculos ficarem bem relaxados, carne dura não dá.-Dr. Yuri.

A praça da cidade é linda, com um coreto, muitas flores, bancos pintados de branco, foi montado um palanque bem no centro e uma banda toca no coreto.

Carlos e Tati tentam se mexer, mas não conseguem, são levados carregados por outros homens da cidade, param em frente ao que parece ser uma grande churrasqueira.

Elisa pára em frente do casal sorrindo.

-Sabe o que significa Carnaval? Significa festa da carne.-

A prefeita sobe no palanque, abre os braços sorrindo, o povo olha curioso.

Várias pessoas viam correndo para a praça, algumas chegavam a cair quando corriam, mães puxavam seus filhos pelo braço.

Todos de olho na prefeita.

-Mais um ano a festa da carne da nossa cidade é realizada com a colaboração de todos. Gostaria de chamar aqui no palanque a caçadora desse ano, que nos trouxe essas presas maravilhosas, Elisaaaaa...-

Todos aplaudem e Elisa sobre no palanque.

-Essa foi sua primeira caça, como escolheu suas presas?-Pergunta a prefeita.

-Eu confiei no treinamento que recebi dos meus pais de usar bem o faro para descobri de longe as presas saudáveis.Nunca traria pessoas fracas ou doente para nossa festa.-

-Com apenas sete anos ela já realizou seu debut.-

Todos aplaudem.

Carlos e Tati são despidos e colocados na churrasqueira, enquanto a festa segue animada.

Um grupo de moradores cobre com plantas à pequena estradinha que dava acesso a estrada principal da cidade.

Eles estavam alimentados agora por um tempo, até que o tempo da caça chegasse de novo.

FIM

Os animais noturnos

Em uma casa grande e confortável, uma garotinha de sete anos está sentada á mesa da sala de jantar com seus pais, ela observa a janela do lado de fora, era princípio de noite, pelas cortinas cinza, ela tenta enxergar algo lá fora.

Brenda era uma menininha de cabelos cacheados, magra e com um rosto doce, sua mãe, uma mulher aparentando ser uma adolescente de quinze anos, tinha uma expressão feroz e os mesmos cabelos da filha, um corpo curvilíneo que ela movimentava com brutalidade, seu pai, um homem aparentando vinte anos, de cabelos ruivos e barba longa, com um corpo bem magro.

A família jantava tranquilamente, sua mãe olhava para filha enquanto falava com o pai com um tom áspero, reclamava de uma janela quebrada nos fundos da casa que ele não havia consertado, sua voz era de uma mulher já madura, em contraste com sua aparência tão jovem, seu pai apenas olhava calmamente.

-Para de encher o saco Sara.-Diz o pai.

-Depois que os animais noturnos chegam, eles tentam entrar na casa, tenho medo deles causarem danos.-Diz Sara.

-Deixa de exagero, eles nunca entraram aqui.-

-Você é muito acomodado Mateus.-

-Você é dramática demais, coitados dos animais.-

-Você não pensa na sua filha ?-Pergunta ao marido com raiva.

-Eles nunca fizeram mal a nenhuma criança, só a adultos.-

-Pra mim chega!Só me preocupo com a Juliana, o resto que se dane.-Diz sara com raiva.

Juliana olha para a mãe, e depois para a janela lá fora.

-E você não se atreva a ir lá fora á noite com esses animais por lá.-

Juliana ri para a mãe e diz.

-Estou com sono.-

Juliana está deitada na cama em forma de casinha de bonecas cor de rosa, seu quarto com papel de parede de céu em toda a extensão, tinha muitas bonecas e bichos de pelúcia espalhados pela estante e pelo chão, de camisola de bichinhos de pelúcia, Juliana está olhando para a janela, em frente a sua cama.

Sara abre a porta do quarto e olha Juliana, Juliana fecha os olhos e finge que dormia, apenas um abajur ao lado da cama, iluminava o quarto.

Sara fecha á porta e Juliana abre os olhos, senta na cama e tenta escutar os passos da mãe indo em direção ao quarto do casal no fim do corredor.

Juliana se levanta e vai até a janela, olha lá fora, do andar de cima da casa era possível ver todo o bosque, com vegetação alta, em frente á casa.

Juliana olha para a casa mais próxima á eles, ficava á uma boa distância, mas era possível ver que luzes estavam acesas, ela sabia que lá não tinha crianças, e isso fazia Juliana se sentir muito solitária por ali.

Juliana olha para o bosque e diz baixinho.

-Já devem estar me esperando.-

Juliana abre a porta do quarto devagar, antes de prosseguir tinha que ter certeza que seus pais estavam dormindo, se eles a pegassem no flagrante ia ficar de castigo.

Juliana volta ao quarto, pega uma almofada cor de rosa com lacinhos brancos, abre o zíper na parte de trás e retira uma maçã, uma banana, e um pacote de brócolis.

Sai do quarto e vai até a escada, desce segurando com força os alimentos, vai até a porta da frente, atravessando a sala escura, se desviando do sofá e de uma mesinha lateral, chega a porta da frente.

Abre a porta com cuidado, desliga o alarme, ela tinha gravado a senha quando seu pai havia instalado a primeira vez para impedir que os animais noturnos entrassem.

Ela abre a porta com dificuldade, à maçã quase cai, ela olha para fora e diz baixinho.

-Acho que é o grandão que vem hoje.-

Juliana corre em direção ao bosque em frente á casa, para de repente e olha no meio da vegetação, sorri e diz.

-Sabia que era você que vinha hoje buscar a comida.-

Juliana estica a maçã e uma mão masculina, com dedos grandes, um pouco peluda, com unhas muito sujas, pega a maçã.

-Obrigado!-Diz uma voz de homem.

Juliana sorri.

O dia amanhece e Juliana está sentada na porta de casa, com uma boneca na mão ela ouve a discussão dos pais.

Na cozinha o casal briga.

-Você não se preocupa com a nossa segurança!-Diz sara.

-Eu já disse, eu ativei o alarme antes de dormir, deve estar com algum defeito.-Diz Mateus.

-E se os animais noturnos entrarem aqui e levarem toda a comida ?-

-Tenha calma querida, eu já falei que eles nunca entraram aqui.-

-Mas podem entrar.-Diz sara esmurrando a mesa.

-Você é nervosa demais!-

-Você é irresponsável demais.-Grita Sara subindo para o quarto.

Juliana olha o bosque, as árvores chacoalhavam com o vento, pássaros levantam vôo nas árvores.

-Eu queria que eles viessem durante o dia, mas eles dizem que é perigoso.-Diz Sara para a boneca.

A noite chega mais uma vez, era uma noite fria, ventava muito, Mateus ativa o alarme e sobe as escadas.

Da janela no andar de cima, Juliana olha para o bosque, depois olha para trás em direção a boneca na cama.

-Tenho pena deles nesse frio lá fora.-Diz fazendo cara de choro.

Olha de volta para o bosque, e depois vai até embaixo da sua cama, retira um cacho de banana e um cobertor, abre a porta do quarto devagar e olha na direção do quarto dos pais.

Certa de que eles estavam dormindo sai pelo corredor, carregando com dificuldade o cobertor, e o cacho de bananas, desce as escadas e chega à porta, abre a porta desativando o alarme.

Lá fora ventava muito, Juliana ia saindo para fora quando ouviu uma voz masculina do ao lado da porta.

-Eu achei melhor esperar você aqui hoje, está frio demais para uma menininha ficar aqui fora.-Diz um homem aparentando uns quarenta anos.

O homem estava com roupas sujas e esfarrapadas, o rosto com barba crescida, cabelo comprido e dentes sujos.

Juliana ri.

Ao lado do homem tinha uma mulher com cabelos desgrenhados, roupas rasgadas, de mãos dadas com um menino de uns dez anos, com roupas também esfarrapadas, muito sujo, eles eram muito magros.

-Eu guardei uma coisa para vocês, eu conseguir roubar do laboratório da escola um pássaro, deixei escondido lá no porão.-Diz Juliana sorrindo.

-Muito obrigada menina linda.-Diz a mulher.

-Venha pegar, eu tenho medo de tirar ele do cesto e ele fugir.-Diz Juliana.

O casal e o menino entram na sala, Juliana atravessa a sala com eles e vai até a cozinha, nos fundos desce uma escada para o porão, no porão escuro, com muitos móveis entulhados, ela mostra um cesto de vime com tampa em um canto.

-Está ali!-Diz Juliana sorrindo.

O homem vai até o cesto e retira o pássaro de lá de dentro, era uma espécie de rolinha.

-Serve para comer?-Pergunta Juliana.

O homem ri e diz.

-Sim, serve!Graças á Deus!-

-Eu não agüento mais comer só vegetais, precisamos de uma proteína de vez em quando.-Diz a mulher.

O homem coloca o pássaro no bolso e o grupo sai devagar do porão, entram na cozinha e atravessam até a sala, quando chegam à porta da frente que tinha ficado aberta ouvem um grito.

-Ahhhh...-

Era Sara do alto da escada que gritava de medo.

-Saiam, para fora!-Diz Mateus apontando uma arma de brinquedo.

O casal e a criança saem correndo e entram no bosque.

-Não acredito que você fez isso minha filha?-Diz Sara.

-Como pôde deixar esses animais sujos e ladrões entrarem na casa?-

Juliana faz cara de choro.

-Eu tenho pena deles, eles são legais!-Diz Juliana chorando.

-Vá para o quarto agora!-Grita Sara.

Juliana sobe as escadas chorando e Sara desce e vai até a porta, olha para fora, Mateus chega do lado da esposa e olha para o bosque.

-Será que eles voltam?-Pergunta Sara.

-Eu acho que não, eles viram eu apontar isso para eles.-Diz Mateus.

-Eu bem que te avisei que não era besteira comprar essa imitação de arma de filme de alienígena.

-Por que será que eles têm medo disso?-

-A lenda fala que no planeta deles eles usavam muito essas armas para matar, que por isso até hoje eles tem medo quando vêem.-Diz Mateus.

-Eu tenho medo deles voltarem e roubarem nossa comida.-

-No fundo tenho pena deles.-

-Pena?Eles invadiram nosso planeta depois de destruir o deles, queriam nos escravizar, se o metabolismo deles não fosse tão mais frágil que o nosso eles tinham conseguido.-

-Você viu como eles têm aparência de velhos, dizem que no planeta deles nós passaríamos por adolescentes.-Diz Sara.

Mateus ri.

-Nós?Adolescentes com trinta anos?-Diz Mateus.

-Dizem que por isso que eles pegavam tantas doenças no planeta deles, o organismo deles é muito frágil.-Diz Mateus.

-Mas também dizem que lá na Terra eles comiam e bebiam de tudo, inclusive comiam animais.-

Sara faz uma careta e tapa à boca com as mãos.

-Que nojo!Aqui eles devem estar sofrendo com isso, animais para se comer aqui só pequenos peixes e pássaros.-

-Verdade!Os animais de grade porte que eles comiam não temos aqui.-Diz Sara.

-Ai que horror!Por isso que aqui chamamos eles de animais!Imagine comer outros animais?Que ato bizarro.-

-Vamos dormir.-

-Não se esqueça de trocar a senha do alarme.-Diz Sara

-E amanhã conversamos com Juliana, ela tem que parar de alimentar eles.-Diz Mateus.

Mateus tranca a porta e ativa o alarme, Sara sobe as escadas e Mateus segue atrás.

No andar de cima Juliana olha pela janela para o bosque, de cima de uma árvore o menino acena para Juliana que acena de volta.

O casal no bosque limpa o pássaro em frente a uma pequena fogueira.

Fim

Comida caseira

Cláudio desce do trem na estação, o ar frio bate em seu rosto, arrumando a gravata ao mesmo tempo em que segura à mala de couro marrom, sente um cheiro muito diferente no ar, arqueja mostrando os ossos do rosto longo e de nariz comprido.

Uma placa velha, pendurada no alto diz-

- BEM VINDO A TERRA DA LINGUIÇA-

Cláudio está deitado na sua cama, no casarão de janelas largas que fora transformado em pousada.

As paredes do quarto mostram que foram pintadas há pouco tempo, em frente um móvel com gavetas pesado e bem antigo exibe uma bandeja, a noite está bem silenciosa, ele começa a ouvir algo que parece um choro, no andar de cima, pensa.

Ou seria o vento que acabou de balançar a cortina?

Depois de oferecer seus produtos a vários comerciantes Cláudio fala pra si mesmo.

-Que cheiro horrível nessa cidade! – Diz arquejando.

Passa por um lugar onde várias lingüiças estão sendo vendidas, em barracas de madeira, havia lingüiças de todos os tipos, algumas com tonalidade de vermelho, outras mais pálidas e outras praticamente pretas algumas bem compridas e outras curtinhas, o cheiro era forte demais.

Entra num restaurante muito humilde para almoçar, várias mesas ao lado mostrava que o lugar era muito freqüentado.

Sentado à mesa, Cláudio sente um cheiro muito forte e diferente na comida, era uma lingüiça bem escura, no cardápio dizia.

-PRATO DO DIA-

Prova a lingüiça.

O garçom, um homem jovem, muito magro, com um olhar vivo, quase feroz mas simpático, se aproxima para trazer a conta.

-Essa lingüiça tem um cheiro esquisito e o gosto é algo pouco adocicado e ácido. - Diz fazendo uma careta.

-Nossa lingüiça é produzida aqui mesmo na cidade, é o nosso prato típico, algumas pessoas vêm de cidades próximas para comer. - Diz sorrindo.

-Tem um cheiro muito forte. - Diz com cara de nojo.

-Acho que o senhor não deve estar acostumado com a nossa lingüiça. -

Um casal jovem e com roupas esfarrapadas e olhar sombrio ao lado, ri, a moça quase se engasga.

Cláudio olha estranho.

-Nem todos gostam de comida forte!-

O casal volta a rir e olha pra Cláudio com um olhar estranho.

Cláudio está deitado na cama quando ouve passos como de alguém correndo na parte de cima.

Ouve alguém gemer e gritar.

 -Nãooooo... -

Abre a porta e olha o longo corredor, o corredor está vazio, já ia fechando a porta quando avista uma escada estreita e velha que dava para o andar de cima.

Fecha a porta e volta para a cama, já estava quase dormindo quando os passos em cima recomeçam, gemidos, sussurros.

-Culpaaaa suaaaaa... -

-nunca, não vãooooo... -

Ele sai do quarto.

Avança para o corredor escuro, o vento balança algumas cortinas, olha as portas fechadas dos outros quartos, vai em direção à escada e sobe até uma pequena porta, coloca o ouvido na porta quem tem uma fechadura grande para o tamanho da porta, e ouve um choro, bate e o choro pára, ninguém atende então ele bate de novo, outra vez ninguém atende, gira a maçaneta, está trancada, ouve outra vez, gemidos, coloca o olho na maçaneta e vê um olho azul olhando pra ele, se assusta.

-Alguém precisando de ajuda?- Pergunta.

-Por favor, nos ajude!- Diz uma voz feminina soluçando.

Sente uma mão gelada e magra no seu ombro e vira assustado é a dona da pensão, uma senhora gorda de meia idade com cabelos loiros enrolados numa trança.

-Precisa de alguma coisa meu senhor?- Diz com um ar feroz, quase gritando.

-Tem alguém pedindo por ajuda aí dentro!- Diz cláudio alto e impaciente.

A mulher faz uma cara séria.

-Não se preocupe meu senhor, é apenas a minha sobrinha, ela foi acometida de uma febre e está muito doente, ela precisa do remédio, pode ir dormir eu trarei o remédio pra ela. -

Depois de um dia de trabalho intenso Cláudio vira na esquina da rua da pousada, a noite fria e com uma pequena névoa confunde um pouco sua visão.

Cláudio vê dois homens carregando algo grande enrolado num cobertor.

A dona da pensão está dizendo.

-Tem que ser bem lavada a carne, a febre é muito contagiosa. -

Quando vê Cláudio se aproximando, faz sinal para os homens que vão embora assustados, numa carroça, e entra apressada na pensão.

Cláudio está no quarto e ouve outra vez, a agitação no andar de cima, algo cai lá em cima.

Ele levanta e fica alguns minutos sentado na cama apreensivo, resolve levantar e corre até o andar de cima.

Cláudio coloca o ouvido na porta.

-Moçaaaa...A senhora precisa de ajuda?- Diz com a voz trêmula.

Ouve uma respiração atrás da porta.

Olha pelo buraco da fechadura e vê um olho castanho.

Afasta-se assustado.

-Amigo, por favor, me ajude!- Diz uma voz masculina e rouca.

Ele se afasta assustado, volta o ouvido para a porta.

-O que está havendo? Onde está à moça de ontem?- Diz gaguejando.

-Deve estar morta a essas alturas e vão me matar também. -

-Quem mataria vocês?-

-A cidade!- A voz responde chorando.

-Por quê?-

-Por causa da lingüiça. -

Cláudio franze a testa e cola as costas na parede, ouve passos no corredor, alguém se aproxima.

-Eu volto mais tarde e tiro você daí. - Diz rapidamente colocando a boca na fechadura.

Cláudio está na porta do quarto espreitando o corredor com uma ferramenta na mão, passava da meia noite e o vento lá fora era forte, andando na ponta do pé, ele chega ao sótão, coloca a boca na fechadura e fala baixinho.

-Amigo, você está aí?-

Ouve passos dentro do sótão e algo encosta-se à porta.

-Eu estou aqui, nos tire daqui, por favor!- A voz masculina fala.

Cláudio força a fechadura da porta e quebra a fechadura, a porta abre lentamente e ele arregala os olhos quando vê três pessoas, um homem aparentando na faixa dos quarenta anos, gordo, uma mulher com bastante idade escorada no homem, um menino de uns dez anos, magro, muito pálido, com cara de doente.

Os três saem apressados do sótão, o menino tossia.

Fazendo cara de desespero o homem fala.

-Sei de um lugar aonde eles não vão nos achar. -

Eles correm saindo da pensão, o vento estava forte e a noite fria fazia todos estremecerem, a voz da dona da pensão é ouvida lá atrás, ela grita desesperada.

-Volte senhor, não vá com eles!- Diz de uma forma estridente ao ponto de seu rosto deformar.

Outras pessoas na pensão correm até a porta e acenam gritando.

-Não vá com eles!Não!-

Eles correm seguindo o homem que carregava a velha com uma força incrível, Cláudio carrega o menino ofegante.

Eles param.

-Aqui tem uma casa!- Diz o homem ofegante.

Eles entram numa trilha no meio da estrada, Cláudio está ofegante e suado, quase desmaiando, avistam uma casa na floresta, o homem pára em frente.

-É aqui!- Diz o homem sorrindo.

Cláudio olha e se surpreende com o estado de conservação da casa, era linda e bem limpa, com um lindo jardim em volta.

-Que lugar é esse?- Diz admirado.

-É a nossa casa, morávamos aqui antes de nos levarem pro sótão. - Diz o homem.

O menino fica em pé.

-Pai? Posso comer? Estou com fome!- Diz enquanto esfrega os olhos.

-Eu estou morrendo de fome também!- Diz a velha com cara de choro.

-Vamos comer!- Diz o homem com cara séria.

O menino e a velha vão em direção a Cláudio, o menino puxa seu braço e sua arcada dentaria é como a de um tigre, morde tão forte que faz Cláudio quase desmaiar, a velha morde com a arcada dentária enorme na perna e retira um pedaço enorme, o homem pega a outra perna e também morde com sua arcada de tigre.

Um estrondo na porta da casa, vários moradores da cidade tentam derrubar a porta e derrubam.

Cláudio tenta se soltar mas não consegue, os moradores param na porta e Cláudio grita tremendo de dor,desesperado.

-Socorro, socorro!- Implora.

A dona da pensão entra na casa e fica em frente a Cláudio, diz calmamente, cruzando os braços.

-É tarde demais, senhor, eles vão te comer, nós fizemos um acordo desde que fundamos a cidade, só comeríamos a carne daqueles que estão muito doentes, ou prestes a morrer, essa família está contaminada com a tuberculose, por isso seriam mortos, a mulher que o senhor viu no sótão era a mãe, por isso transformamos a carne em lingüiça, assim acontece também o processo de desinfecção da carne doente, quanto mais escura a lingüiça mas a carne passou pelo processo de limpeza, o senhor mesmo provou nossas lingüiças humanas, elas também são a maior fonte de renda da cidade, pois são vendidas para vários comerciantes de várias regiões do país.

FIM

A família

Uma família de classe alta, formada por um casal e dois filhos adolescentes, vive em uma casa como as casas modernas do passado século 21, envidraçada e banhada de luz natural, com jardim bem cuidado, no ano de 3016 luxo era ter casas como as do século 21.

Katrina uma menina de doze anos, com rosto magro e cabelos e pele muito claros, está á mesa do café da manhã com o irmão, Pietro, de quatorze anos, parecidíssimo com ela, e sua mãe de cabelos mais escuros, rosto redondo e o pai, que parecia uma cópia mais velha dos dois.

A família conversa sobre os afazeres do dia, enquanto Katrina interrompe impaciente.

-Mãe! Não tenho roupa para a festa dos Montello.-

-Ainda temos muito tempo para pensar nisso, meu dia hoje vai ser daqueles!-Diz a mãe respirando fundo.

O marido dá um gole no suco.

-Esse suco está quente!-Reclama olhando para o copo.

-A nossa geladeira está horrível, não está gelando nada!- A mãe diz expirando expressando impaciência.

Pietro coloca uma colher de cereal na boca.

-Pai? Me ajuda no trabalho de biomedicina?- Diz quase engasgando.

O pai olha para o copo de suco.

-Você consegue sozinho!- Diz de forma debochada.

Sou filho de um biomédico e de uma engenheira de hardware, não posso dar vexame no trabalho da escola. - Pietro diz de forma debochada também.

Katrina toma um copo de leite, ouve um zumbido alto no ouvido, se assusta e para franzindo a testa e tentando entender, Começa a gemer, sua visão some, ela larga o copo que vira o leite na mesa, pensa em gritar a mãe e não consegue.

Katrina abre os olhos assustada com a voz da sua professora, uma senhora de meia idade com um rosto parecido com o de uma águia, estava na sala de aula, os colegas ao lado olham para ela curiosos.

-Vamos Katrina, cadê seu trabalho?

Katrina olha para os lados assombrada.

Na manhã seguinte Katrina está de volta à mesa do café-da-manhã com sua família.

A família discuti sobre a melhor forma de passar o próximo feriado.

-Mãe?- Interrompe Katrina.

A família continua a ignorá-la, discutindo sobre várias coisas ao mesmo tempo.

Mãaaaaaeeeee???- grita colocando a mão na testa.

A mãe se assusta olhando para Katrina, franzindo a testa, o pai larga a xícara de café e o irmão para com a colher de cereal perto da boca.

-Fala minha filha!-Diz a mãe irritada.

-Como eu cheguei à escola ontem?- Diz fazendo cara de choro.

A mãe balança a cabeça e fecha os olhos impaciente.

-De carro comigo e seu irmão como chega sempre!- Diz olhando para cima.

Pietro ri, debochando da irmã.

-Cala a boca idiota!

-Menina maluca!- Pietro responde fazendo uma careta para a irmã.

-Parou!-Grita a mãe batendo na mesa.

Katrina está na sala da escola de balé, Katrina sobe e desce as pernas em frente à barra, como já estava habituada nos dez anos de balé, tenta levantar a perna, não consegue, sente seus pés colarem no chão como se tivesse um imã embaixo dos pés, tenta soltar, mas não consegue, tenta soltar as mãos da barra e não consegue, se desespera, arregala os olhos, puxa as mãos e os pés e não consegue se soltar.

-Socorro, socorro... - Grita desesperada.

Katrina ergue a cabeça e olha para os lados, e está na mesa para o café da manhã no dia seguinte.

-Ahhhhhh... O que é isso?- Grita desesperada.

A família pára assustada e olha para Katrina.

Que grito é esse enlouqueceu?- Pergunta o pai irritado.

-Essa menina é demente!- Pietro diz dando uma risada de deboche.

-Demente é você!- Grita Katrina

Atira uma colher na direção do irmão.

A mãe interrompe.

-Qual dos dois quer ficar sem tevê, internet e celular?- Gritando, furiosa, olhando para os dois.

-Mãe, eu acho que estou doente!- Diz ameaçando um choro.

-Por que minha filha?- Diz a mãe colocando a mão na testa da filha. -

-Eu estava no balé e de repente meus pés colaram no chão e minhas mãos na barra. - Diz gemendo.

-E depois eu não me lembro de ter voltado pra casa. - Diz cobrindo o rosto com uma das mãos e começa a chorar.

-Você está entrando na adolescência, seus hormônios estão em ebulição, é normal sentir coisas estranhas. - O pai fala de forma séria com o dedo indicador apontando para a mesa.

Katrina ia falar, mas sua mãe interrompe.

-Não é só com você, todo mundo passa por coisas estranhas na adolescência. -

Katrina tenta falar, mas é interrompida novamente pelo pai.

-Dorme mais cedo hoje e tome essas vitaminas. -

Levanta e retira comprimidos de uma pequena maleta de primeiros socorros do balcão da cozinha.

Katrina está sentada na luxuosa sala de tevê, assistindo sua série de tevê preferida.

Seus pais e o irmão estão nos seus quartos.

Toma um gole de suco e sente algo enrolar na garganta, tenta cuspir e tosse mais, abre a boca e sente algo pontudo, puxa a ponta apavorada e saem vários fios, pedaços de alguma coisa que parecem plástico, tudo apaga e ela cai no chão.

Katrina está na mesa de jantar com a família que conversa animadamente, olhando para os lados confusa.

-Mãaaaaaeeeee...-Grita.

Seus pais olham assustados o irmão para com o copo de suco próximo da boca.

-É serio, eu acho que estou com um tumor no cérebro, eu estou tendo alucinações. -Diz gaguejando.

-Eu engasguei com o suco ontem eu, eu puxei, eram fios, muitos fios.

-Querida vou marcar sua consulta para semana que vem se isso te deixa mais tranquila, mas volto a afirmar isso é coisa da adolescência. - O pai fala com toda tranqüilidade do mundo.

Katrina chega em casa de volta da casa de uma amiga.

-Então até amanhã!- Fala pelo celular.

Desliga o celular, entra na sala ampla e luxuosa e sobe as escadas, na passagem para o quarto do irmão vê uma bandeja no chão, suco e salgadinhos derramados, empurra a porta devagar e vê seu irmão no chão do quarto, com fone de ouvido, seu corpo inteiro estremece, dele saem faíscas, dos olhos e da boca saem fumaça.

-Ahhhhhh... - Grita dando dois passos para trás gritando, apavorada.

Saí correndo do quarto.

-Socorro, ele está sendo eletrocutado. -Diz em pânico.

Vai em direção à escada, tenta descer, tropeça e cai do mezanino.

Katrina sente um gosto ruim na boca, tenta se mover e não consegue.

Ouve uma voz estridente, era sua mãe.

-Meu Deus, ela caiu do mezanino. -

Sua mãe se ajoelha ao lado do corpo.

O pai ajoelha do outro lado.

-Beleza, agora temos dois consertos para fazer. - Diz o pai fechando os olhos.

A mãe respira fundo.

-Eu te falei, estava na hora de rodar o backup. -Diz impaciente.

A mãe coloca a mão na testa de Katrina, que está com os olhos abertos, a cabeça tremendo.

-Vamos para o laboratório, vou pegar Pietro!-

A mãe desce com a filha nos braços, até um porão.

O pai segue atrás com Pietro nos braços.

No porão da casa havia duas macas, material para pesquisa científica, computadores e diversas ferramentas, além de uma espécie de aquário gigante.

As duas crianças são deitadas em macas, lado a lado.

Com uma ferramenta a mãe abre a cabeça de Katrina.

-Meu Deus, como dá trabalho ter filhos!- Diz enquanto abre a cabeça de Katrina.

O pai faz uma careta.

-Não reclama de barriga cheia, dizem que antes do grande big bang tecnológico as mulheres tinham que engravidar parir, amamentar, ensinar a andar, falar e etc.- Diz debochando.

A mãe franze a testa horrorizada.

-O que? Você um cientista acredita numa história louca como essa?- Diz irritada.

O pai ri e balança a cabeça debochando.

-Não seja tão cética e racional, dizem haver vários indícios em cavernas e vários fatos citados em literatura. - Ri.

A mãe interrompe.

-Não vejo como é possível a Terra já ter sido habitada por uma espécie de primata, que viviam em sociedade organizada. - Diz olhando fixamente nos olhos do pai.

O pai faz um bico.

-Olha que dizem que eles dominavam a leitura, a matemática, astronomia dentre outras. - Diz arregalando os olhos.

-Imagine, dizem que eles criaram a gente e que nós nos rebelamos, os destruímos e tomamos posse da Terra. - Diz sorrindo.

Esqueceu a parte que dizem que eles não sabiam como seriam os filhos nem fisicamente, nem nas suas aptidões. - O pai dá uma gargalhada.

Eu não consigo imaginar como alguém pode ter um filho e não saber do que ele é capaz, que loucura, imagine se Katrina não tivesse talento para o balé, acho que eu morria de desgosto. - A mãe diz balançando a cabeça de forma negativa.

Os pais seguem consertando seus filhos e conversando.

FIM

Made in the USA
Columbia, SC
13 March 2020